안녕,
컬러풀
미카!

안녕, 컬러풀 미카!
무채색 어른 세상에 색을 칠해 준 아이들

—

2019년 02월 15일 1판 1쇄 인쇄
2019년 02월 22일 1판 1쇄 발행

—

지은이 미카
펴낸이 이상훈
펴낸곳 책밥
주소 03986 서울시 마포구 동교로23길 116 3층
전화 번호 070-7882-2312
팩스 번호 02-335-6702
홈페이지 www.bookisbab.co.kr
등록 2007.1.31. 제313-2007-126호

—

기획·진행 기획1팀 구본영
디자인 디자인허브 한정수

—

ISBN 979-11-86925-68-3 (03810)
정가 14,800원

—

책밥은 (주)오렌지페이퍼의 출판 브랜드입니다.

—

이 도서의 국립중앙도서관 출판예정도서목록(CIP)은 서지정보유통지원시스템 홈페이지
(http://seoji.nl.go.kr)와 국가자료공동목록시스템(http://www.nl.go.kr/kolisnet)에서
이용하실 수 있습니다. (CIP제어번호 : CIP2019005073)

안녕, 컬러풀 미카!

글·그림 **미카**

책밥

2010년, 점심으로 먹은 가지구이가 맛이 없었던 나는 사진과 함께 가지에 대한 이야기를 구구절절 글로 써 싸이월드 사진첩에 업로드했습니다. 그 아래 달린 '나중에 이런 글을 묶어서 책으로 내 줘, 돈 많이 벌면 나 맛있는 거 사 줘야 해'라는 친구의 댓글이 꽤 오래 여운으로 남아 오늘까지도 생각이 나는데, 아마 그때 최초로 내 이야기를 말이 아닌 다른 형태로 보여 주고 싶다는 생각을 한 것 같습니다.

만화책이나 만화 영상을 즐겨 보던 나는 책과 TV 속 멋진 캐릭터를 따라 그리고 나만의 캐릭터를 만들어 이름과 성격 붙여 주기를 좋아했습니다. 음악을 듣고 노래 부르는 것 또한 좋아하는데 작사나 작곡, 음악가가 되고 싶다고 생각한 적은 없었다는 것이 신기하기도 합니다. 자신이 가야 할 길은 사실 스스로가 제일 잘 알고 있는 게 아닐까요.

어린 시절 아빠 손을 잡고 따라간 서점에서 고른 그림책이 시작인지, 아빠의 시험공부를 위해 함께 간 도서관 속 지루한 네모들 사이에서 찾은 만화책이 시작인지, 여섯 시면 시작하던 '천사소녀 네티' '웨딩피치' '세일러 문'이 시작인지 이제는 잘 모르겠습니다. 무엇이 시작이었든, 어떤 곳에 머물렀든, 어느 길을 걸어왔든, 모두 여기까지 오기 위한 여정이라고 생각합니다. 부지런히 살아왔다고 말할 수는 없지만 하고 싶은 일을 위해 아낌없이 고민하고 고민 끝에 한 선택으로 여기에 서 있게 되었습니다. 아마 곧 다음 여정을 준비해야겠지요.

'하고 싶은 것의 동그라미'라는 말을 자주 사용합니다. 보이진 않지만 틀 안에서 살아가는 우리들, 기왕이면 모두가 하고 싶은 것의 동그라미 안에서 고민하고 헤매다 길을 찾듯 행복을 찾으면 좋겠습니다.

마음, 문자, 목소리, 생각, 다양한 형태로 응원해 준 모두가 고맙습니다. 진심으로, 진심으로. 건강하세요.

CONTENTS

CHAPTER 1
작지만
커다란

#최초의 꿈

만화책 보는 것을
좋아하던 어린 나.

낄낄

만화 캐릭터를 그리는 것도
좋아했다.

초3

중학생 땐 고등학교에
가기 위해 미술을 배웠다.

중3

고등학생 땐 대학교에
가기 위해 그림을 그렸고

고3

대학생 때 전공은
인테리어 디자인이었다.

반-듯

코-피

졸업 전 취직을 위해
전공 자격증을 따고 싶었고.

국가기술 자격증
실내건축기사
미카

땄다!

호에에...
대단한데
나 자신

3학년

졸업까지 1년. 나에게 처음으로
긴 여가 시간이 주어졌는데

오도카니-

덩그러니-

난 그 시간의 한가운데에서
많은 생각을 했다.

바로 취직을
할까...

아니!

하고 싶은
걸 해야지

졸업하면
평생 일할
텐데?

준비가
될 순
없어...

그럼
뭘 하지?

#엄마 아빠 그리고 내 동생

그리고
내 이야기를
보고, 전해 듣는
모두의 시간에
기쁨과 행복, 낭만이
함께하기를
진심으로 바랍니다.

03
취미는 그림 특기는 그리기

중3의 미카

미술 수업시간, 난생 처음
석고 소묘를 배웠는데

대각면

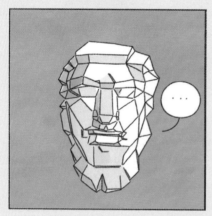

...

어려웠다.

어려운데?

저걸
어떻게
그려?

이야!

04

#여정

만화를 하기로 결심한 뒤
만화와 툴을 공부했다.

태블릿도
사고

생활을 위해 아르바이트를
하면서 그림을 그렸고

졸업 후엔 대학교에서
조교로 일하며 그림을 그렸다.

조교 계약이 끝난 여름, 난
매일이 방학인 듯 놀았고

겨울이 찾아왔다.

휘잉

휘잉

겨울은 일 년 치 걱정이
찬바람과 함께
휘몰아치는 계절인데.

큰일 났네! 생활...ㅆ는데
그림... ... ...ㄹ았네
이제부터 무...해야지.
일을 하는 거...래도 좋겠지?
무슨 까톡! ...나는 그림을
그래도 ...리고 싶은데

그때 나에게 도움을 준
고마운 친구 윤니.

미카야 내가 곧
학원을 그만둘 것 같은데
너 여기서 일해 볼래?

완전 할래 !!

그곳이 바로 아동미술센터였다.

＊ 이후부터 이곳을
아트 센터라고 부른다.

안녕
하세요...

계세요?

참한 인상을 위한
내린 머리

05
#사랑에 빠진 나

#큰 설렘

#따듯한 손난로

생각이 아닌
느낌으로 알았다.

겨울 너무 싫어

아
손 시려워.

열열

퉁퉁

내가
따듯하게
해 줄래요!

나도!

나도!

나도!

어쩐지 늘 내가 받는 게
더 많지만.

#시작하는 안녕

시작하기 앞서 제가 수업 하는 곳을 소개하려 합니다.

안녕!

1. 아트 센터
친구 소개로 아이들을 처음 만난 곳

대장 선생님

그 친구 윤니

아트 센터는 4-5세,
6-7세, 초등부가 있다.

노랑반

연두반

파랑반

2. 아동 센터
아트 센터를 통한 외부 강의.
센터장님이 계신다.

센터장님

여기서 나는 초등부의
미술 선생님이다.

3. 문화 센터
백화점에 있는 문화 센터.
마찬가지, 아트 센터를 통한 외부 강의

헤헤

여기선
내가 대장!

여기는 두 반을 수업한다.

4-5세 반

6-7세 반

4. 미술 학원
초등부와 중등부가 있다.
지금은 다니지 않는다.

원장 선생님

겨울을 너무나 싫어하지만 우리 이야기가 시작된 2016년 겨울은 꽤 좋았습니다. 생각과 고민, 선택과 포기를 해야 하는 혼란스러운 시기에 만난 아이들. 잘못 칠한 색깔에 울상이 된 아이들은 '괜찮아, 이런 건 아무것도 아닌데? 다시 하면 되지!'라는 나의 응원에 금세 무언가 결심한 얼굴을 하고 잘못 칠한 부분부터 다시 칠해 나갑니다. 그런 아이들 곁에서 내 마음도 점점 예쁜 색으로 물들어 갔습니다. 작지만 커다란 빛이 되어 준 아이들을 만나고 돌아오는 길. 마음이 온통 행복으로 가득 차던 날이 많았습니다.

CHAPTER 1

작지만
커다란

#또각 구두

오늘은 구두를 신고
수업에 갔다.

간다네   수업을

또각또각, 걸을 때마다 기분 좋은
소리가 나서 좋아하는 구두.

또각   또각

선생님
구두에서

수업 시간

또각또각
소리가 나요

히이!

방해가
됐나!!

혹시
많이
시끄러워?

그렇다면
미안...!

03
#사과 같은 얼굴

나는 볼터치를 좀
세게 하는 편입니다.

과즙
과즙

팡 팡

쿠션 볼터치

전날 과음이라도 하면
정신 못 차리는 화장을

숙취 + 숙취
메이크업

으어어

am.10:30
토요일

와
죽겠는 걸?

해 버리는데

참!

응?

#작지만 큰 위로

#몽실몽실1

아동 센터 첫 수업 날.
센터장님께서 재원이를

2학년 재원이는

지적 장애가 있는 아이예요

알려 주셨다.

집중을 잘 못하는 편인데~

끄덕

네에…

크게 어렵거나 힘들지는 않을 거예요

혹시, 수업 진행이 어려우시면

네에

말씀해 주세요.

걱정이 많이 됐다.
긴장과 떨림 가득한 첫 수업!

안녕!

오늘부터 미술을 가르쳐 줄 미카 선생님이야

앞으로 잘 부탁해!

내 걱정과는 다르게 아이들도
재원이도 수업을 잘 따라왔고

재원이 잘 하고 있어?

네!

무사히 첫 수업을 끝냈다.

모두들 자리 정리! 그리고 손 씻자!

짝! 짝! 짝!

네에!

네!

집에 가려는 나를 빤-히 바라보던 재원이.

눈이 딱!

와의 짧은 대화.

재원아 선생님 어때?

빠아안-

선생님은 재원이 엄청 마음에 드는데

얼굴이 빨갛고~

기분이 몽실 몽실!

아주아주 좋아요!

좋아요.

몽실몽실.

집으로 오는 내내
행복한 마음이었다.

#몽실몽실2

#미숫가루 기분

내 기분은 자주 가라앉고
잘 떠오르기도 한다.

·100

-100

이게 꼭 미숫가루 같아서
잘 저어 줘야 하는데

요즘은
여기
어디쯤인
나

저어 줄 만한 게
보이지 않는다.

아동 센터
가는 중

터덜
터덜

수업이 있는 날은 곤란한데.
마음을 제대로 못 쓰니까.

얘들아~

오늘은
수채화를
할 거야.

#다정한 모두

#뽀뽀의 온도 차

#쉿! 쉿!

11
#애칭으로 부르자

12
#귀여운 손을 구해 줬어

13
#유령이다

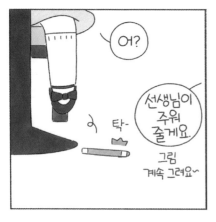

14

#깔롱쟁이 아가씨

문화 센터의
깔롱쟁이 아가씨 은채

5세

여기 이 아가씨는
반짝이는 피부에

은채야

선생님
바지 볼래?

나랑 패션 코드도
비슷하고

짠!

나팔
바지!

오!

나랑
똑같아요!

수업도 잘 따라와서
눈길이 한 번 더 가는 편

은채는
어떻게
이렇게

열심
열심

예쁠까?

#앗 뜨거워 총

'앗 뜨거워 총'이라는 것이 있다.

친구들~

선생님이 들고 있는 게 뭘까요

바로 '앗 뜨거워 총' 이에요.

별 건 아니고 글루 건인데,

꽤 위험한 물건이라 수업 전 무섭게 일러둔다.

이 총은…

아주 뜨겁고 위험하니까

특히 여기

저 열대애 만지지 말기

유난이 아니라, 글루 건은 정말 위험하니까 조심해야 해.

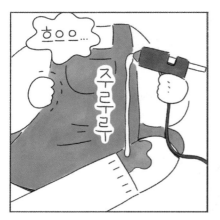

16
#살려 줘

요즘은 원고 마감 준비로
바쁜 시간을 보내고 있다.

am.
4:00

□며칠째 거의 잠을
못 자는 상황

버석   버석

아침 문화 센터 수업이
있는 날도 그랬다.

am.
10:50

*수업 10분 전

으어어-
나는 좀비

1교시는 6-7세 수업
통제가 비교적 쉽다.

1교시

화기애애

17

#선생님은 마술사

바다와 바다

작년부터는 초등부 미술 수업을 맡게 되었습니다. 스물일곱과 열셋, 숫자의 간격만큼 우리 사이에는 이해할 수 없는 영역이 꽤 넓게 있습니다. '순수함'이라 이름 붙여진 기쁘고 서운한 사건들을 겪고 그리면서 이해할 수 있을 것 같았지만, 역시! 아직도 이해 불가한 부분이 많습니다. 이해할 수 없는 만큼 사랑할 수밖에 없는 아이들과 여전히 투닥투닥 왁자지껄한 시간을 보내고 있습니다. 서로를 '바보'라 부르면서요. 오해하지 말아 주세요. 우리는 다른 의미로 '바보'를 사용하고 있으니까요!

CHAPTER 2

이해할 수
없는 영역

#냠냠이

아트 센터에 꼭 간식을
챙겨 오는 아이가 있었는데

선생님
이거

엄마가
다같이
먹으래요

M·마트 묵직-

수업 시작 전에 꼭
다 같이 나눠 먹었다.

냠냠

냠냠

나 빼고.

꼬르르륵-

여기 센터엔 냠냠이
라고 불리는 쓰레기통이 있는데

자!

다 먹은 친구들은 냠냠이 밥 주자.

정도로 활용한다.

그럼 아이들 스스로 쓰레기를 버리고 정리도 잘하는데

뭐 해요?

냠냠이가 불쌍해요

쓰레기만 먹고!

도저히 안 되겠어!

나 결심했어

02
#째려보지 마, 느끼 버터 보이!

#여왕님과 공주 그리고 경찰 아저씨와 공룡

04
#정민이와 내 신발의 행방불명1

#정민이와 내 신발의 행방불명2

#왜 화가 난 거야

#좋아하면

#아니구나

수업 시간

모두들 결석을 해서
은수와 둘이서 수업 중

오도카니

5세

우리는 같이 수업을 한 지
두 번밖에 안 된

조금
서먹한 사이.

지긋—

#사랑의 고민

#불파스

#마음을 들었다 놨다

#어른과 아이

13
#신나는 것

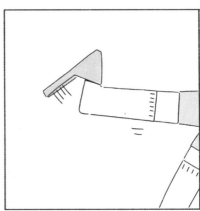

#어이

15

#이 세상 악당들

#동그라미 동생

친구들은 시큰둥했지만

보았냐 이 형님 솜씨를!

어 그래-

어~

으쓱!

민식이 말들 중 기억에 오래 남은 말이 있다.

선생님은 동생 있어요?

저는 있거든요.

음...

동생은 말이에요.

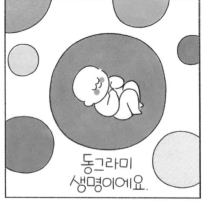

동그라미 생명이에요.

134

#민식이와 삼원색

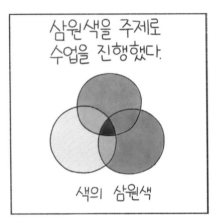

18
#이 이야기 실화냐

#바보1

#바보2

손 위의 앵무

'길을 잃기 위해서 우린 여행을 떠나네' 삶을 길처럼 어려워하고 있던 날 우연히 들려온 노래에 힘입어 길 잃을 용기를 얻었습니다. 그리고 지금은 좋아하는 곳을 향해 걷고 있습니다. 걸어온 길 위에서 많이 헤맸지만 길 잃을 힘을 얻고, 아이들을 만나 나아가야 할 방향을 잡게 되었습니다. 도착하려면 얼마나 남았는지 모르겠지만 아직은 조금 더 가야 할 것 같습니다. 마지막 챕터까지 함께한 여러분도 자신만의 길을 걸어가기를 바랍니다. 길을 잃기 위해 걷다 보면 문득, 좋아하는 곳에 도착할지도 모르잖아요?

CHAPTER 3

**좋아서
가는 길**

#코야 괜찮니

학원에서도 앞치마에 넣어 두고 자주 꺼내 쓴다.

잠시만요~

뭐 해요?

뾱!

슥슥

약간 시트러스 향도 나고~!

아 촉촉해!

들어가자!

선생님

02
#바퀴벌레

03
#공주 모자

04
#이모라니

중앙동, 아동 센터
수업을 마친 후.

쇼핑
나우-☆

꺄르륵-

자주 가는 가게는 2층에 있는데,
계단이 꽤 높다.

워후-

룰루-

쇼핑 끝!

척-

계단을 위태롭게 내려가는
한 아이를 발견.

-도와줘
눈빛

06

#코끼리 선생님

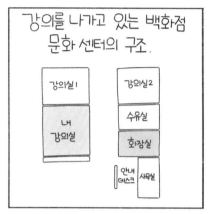

#내가 잘하는 것 못하는 것

#그레이트 티처

#주먹만 한 히메 컷

히메 컷의 장점
: 얼굴이 작아 보인다.

히메 컷의
즐거운 상상

히메 컷의 단점
: 누군가의 오마주

현실

아무튼, 히메 컷을 했다.

쓱싹 뚝!

나는 눈, 코, 입이 작고 몰려서
얼굴 작아 보이는 효과도 얻은 듯.

약간 정신 승리

#없다!

문화 센터는 지하 1층에 있는데
지하 1층엔 맛있는 게 많다.

am.
10:30

신나는
출근길!

B1

식품·잡화
이벤트
문화센터

매번 참기 힘든
나의 최애 가게!

아침의
시작!

파스퇴르 MILK BAR

MILK BAR

그날은 무슨 일인지

안녕하세요

밀크
셰이크
하나 주세요

5500원
입니다.

제가
만들게요.

응.

지갑에 있어야 할
카드가

보통 현금X

주민
등록증

잔고X

있어야
할 카드

#무반주 엉덩이 댄스

#감기1 80 괴담

자고 나면
괜찮을 거야.

쿠울—

아니더라.

헉!

목소리는 안 나오고
편도선이 엄청 부었다.

으브브

지옥이다.

열은
덤인가.

am.8:30
병원

#감기2 조삼모사

#감기3 대단해!

다음 날 아트 센터

쏵~ 쏵

남아 있는 몸살 기운 탓에
마스크를 하고서 수업을 했다.

쏴액

쏴액

…

선생님
아파요?

몽롱

응
선생님 조금
아파요.

주사
맞았어요?

#미술 학원1 의문점

#미술 학원2 절대 마이쭈

#미술 학원3 예고 없는 마지막

미술 학원을 그만두게 됐다.

이제 막 가까워진 아이들과
인사도 없이 헤어졌다.

곧 여름 방학이 시작되기
때문이라 했다.

#고양이 많이

#고양이는 고양이

#고양이를 싫어하는 캔 따개 여사

#셀럽 나로

우리 동네 카페에는
시바견 나로가 있다

여기 전용 자리에서
나로가 곤히 자다가

몇 걸음 걷기라도 하면
모두가 주목하는데...

찰칵!
귀여워!
토둣
어떡해!
캬아-
토도도
찰칵
찰칵!

이야...
완전
셀럽인데?

오.
아ー
리아나 그란데
처ー럼
?

#다 컸네

아빠 사무실이 작업실과 가까워 자주 들른다.

훌쩍 커 버린 나.

마법 같은겨울